猴子裁縫的絕活

管家琪◎文

蔡嘉驊◎圖

幸福的兒童文學作家

自序／管家琪

大約三、四年前，我在大陸湖南岳陽一所小學做講座，結束後很多小朋友拿著事先買好的我的書來排隊要我簽名，當我看到一個小男生的書時真是吃了一驚，這個孩子在扉頁上原本畫了一個漂亮的簽名框，還有好幾朵小花做裝飾，然後工工整整的註明「管家琪阿姨的簽名」，可是，顯然是因為在方才講座時聽到我自我介紹說是一九六〇年出生的，於是他馬上心算了一下，緊接著就非常果斷的把「阿姨」兩個字劃掉，改成了「奶奶」！

在那一刻，我才猛然發現——哎呀！原來我已經是做奶奶的人了！

在那之後，在跟小朋友們做講座的時候，我就不大好意思自稱是「管阿姨」了，而總要說「各位親愛的小朋友，我是管阿姨、管奶奶」。

實際上，在我內心，面對小朋友時，無論是哪裡的小朋友，臺灣的、大陸的、港澳的、馬來西亞的、新加坡的，我都還是感覺自己是「管阿姨」。

大家都說兒童文學作家好像都比較顯年輕，或許吧，我想主要應該是因為兒童文學是追求純真、追求美善的文學，同時，不管自己有沒有小孩，兒童文學作家絕大多數都是喜歡跟孩子們在一起的，而小孩子又是最充滿靈氣的，這麼一來，兒童文學作家經常受到孩子們靈氣的感染和激發，彷彿能夠經常「充電」似的，自然而然應該就比較顯年輕了，至少不會經常去惦記著自己的真實

年齡，更不容易有老之將至之感。

時間過得好快，自從一九九一年五月辭掉報社記者工作，開始在家一方面做全職媽媽，陪我的兩個寶貝兒子，另一方面則是開始「坐在家裡當作家」以來，到現在都已經滿二十五年了，哇！居然轉眼都過了四分之一個世紀了！

每當有小朋友問我，寫作累不累？會不會想放棄？我都是說，當然也會有累的時候，甚至是感到挫折的時候，但我相信只要是做自己真正熱愛的事，什麼辛苦啊、挫折啊就都不算個什麼事，你自己會把它吸收掉，或是想辦法化解掉，沒人逼你你也還是會想繼續去做，怎麼會有放棄的念頭呢？

我經常都是心懷感恩，幸好我在二十七、八歲那年找到了兒童文學，還不算太晚，意思是說我應該還有相當長久的歲月可以好好努力，從事兒童文學創作或是與之相關的文字工作（譬如翻譯和致力將經典文學改寫成少兒版），以及與小朋友們在一起，就是我最熱愛的事，我衷心希望能夠保持身體健康，這樣就能夠活到老學到老也寫到老了。

最後，因為我是一個「摩登原始人」，從五、六年前才開始用電腦，在這本集子裡的短篇童話幾乎還都是以剪報形式交由幼獅公司，再由編輯整理出來，非常感謝！

猴子裁縫的絕活

黑猩猩可麗原本是相當快樂的。她是森林裡人人誇讚的好裁縫，一直以來她都非常熱愛自己的裁縫工作，總能一個人安安靜靜的坐在那兒動也不動就縫縫補補一整天，幾乎不需要怎麼休息，一點兒也不叫累。

可麗還以為這樣平靜恬淡又愉快的日子會一直持續下去，沒想到自從猴子小姐的裁縫店開張以後，可麗的生活居然很快的就有了翻天覆地的變化。簡單來說，就是以前那些忠實的老主顧們忽然就像是大家悄悄約好了似的，都不再來找她做衣服了。

這是為什麼呢？可麗納悶極了。

猴子小姐的店鋪就在可麗小店附近，可麗看到猴子小姐那裡天天都是門庭若市，獅子先生、花豹女士、水牛大叔，甚至是時髦的貓姑娘，以前都是來自己的小店做衣服，現在卻一個個都跑到猴子小姐那裡去了！可麗看著看著，除了納悶和心酸，還愈來愈不服氣。

可麗不明白，猴子小姐到底有什麼魔力或特殊的本事，能夠在這麼短的時間內，就贏得了這麼多顧客的心，讓大家都這麼喜歡跑去找她做衣服？瞧猴子小姐的年紀那麼輕，就經驗來說，應該是自己更具優勢才對啊！而如果就技巧來說，可麗就更是想不通，猴子小姐做的那些衣服，無論是長褲也好、洋裝也罷，看上去好像也很普通啊，可麗實在不認為自己的裁縫功夫會比不上她！

但是，現在大家都寧可選擇猴子小姐而很少再來找她做衣服，可麗好傷心哦！老是不斷的想著，我到底有什麼不如那個猴子小姐啊！

這天，可麗實在受不了啦，打定主意一定要找到真相。她潛伏在猴子小姐的店鋪外頭，用百分之一百的真誠，想要做一次意見調查。

當獅子先生從猴子小姐的店裡一出來，可麗馬上迎上去，客客氣氣的詢問為什麼獅子先生現在都不再來自己的小店做衣服了？

「我有什麼服務不周的地方，或是哪裡做得不好，請您告訴我，我願意改進。」可麗表現得無比誠懇。

然而，獅子先生卻抓抓頭，滿臉漲得通紅，支支吾吾的說：「啊，這個，這個，不好說哪！」

稍後，可麗又問花豹女士，花豹女士也說：「哎呀，這個問題不好講哪！」

接著，水牛大叔也吞吞吐吐，「我、我、我——真的不知道該怎麼說，不好意思啦——你還是去問別人吧！」

說完，水牛大叔馬上就溜了。

這實在是太奇怪了！

可麗洩氣的回到自己的小店，心情壞到極點。她感覺自己真的被大家拋棄了——不，應該說她真真切切的察覺到，自己已經被無情的淘汰了！

說真的，以前可麗從來就沒有想過會有這麼一天——

過了好一會兒，就在可麗癱坐在她的寶貝縫紉機前，想著今後是不是只能為自己做衣服的時候，貓姑娘來了，想要可麗幫她做一件背心裙。

可麗激動極了！在為貓姑娘量身的時候，鼓起勇氣再試一次，好奇的詢問為什麼最近貓姑娘都不來找自己做衣服？

貓姑娘說：「因為最近流行褲裝呀！」

可麗很委屈，「長褲我也會做啊——」

「沒錯，可是你畢竟沒有尾巴嘛！」貓姑娘說：「猴子小姐有尾巴，比較注意要怎麼讓尾巴舒服的露出來。」

可麗愣了一下，終於心服口服了。

原來這就是猴子小姐的絕活啊！

可麗立刻下定決心，一定要趕快虛心的去向猴子小姐好好學習才是。

打擊魔王

「唉，怎麼辦？快要放學了。」三號魔王唉聲嘆氣地說。

「是啊，我們就快要完蛋了！」四號魔王也愁眉苦臉。

「你叫什麼，」三號魔王好哀怨：「你前面還有我擋著呢，要死也沒那麼快死，我可就慘了！」

四號魔王不以為然：「可是那小子很厲害呀，昨天他不是一口氣就打死了一號魔王和二號魔王嗎？」

三號魔王說：「那是因為昨天那小子不聽媽媽的話，媽媽明明規定每天不可以打電動超過四十分鐘，而且不可以一放學回來就打，結果他不但一放學就打電動，還一打就是兩個小時！要不然怎麼可能會這麼厲害！」

「這可不一定，」四號魔王十分憂慮，「也許這小子是天才！」

你一定看出來了吧？三號魔王和四號魔王是住在電動裡的魔王，他們的同伴一號和二號魔王昨天已經壯烈犧牲了。其實，這也不能怪魔王的小主人，這個遊戲本來就叫做「打擊魔王」嘛，那個天才小主人只是聽令行事而已。

「不行，我們不能在這裡坐以待斃。」三號魔王說。

「是『站以待斃』吧？」四號魔王疑惑地問：「我們不都是站著

嗎？」

「唉呀，那不是重點啦！」三號魔王說：「反正，我們不應該乖乖待在這裡等死。」

「可是我們又能怎麼辦？身為魔王，注定是要被打死的呀，有的時候也許還要死好幾次呢！」

「我們乾脆躲起來吧！」三號魔王說。

「躲起來？」

「是啊，不過當然只是暫時的，」三號魔王熱烈地說：「我們躲起來，一起研究出一個絕招，一個在祕笈上絕對找不到的絕招，然後再出來跟那個小子決鬥！」

四號魔王想了一想，「嗯，這個主意聽起來挺棒的。」

於是，過了一會兒，小主人放學回家，風一樣地衝到電腦前，興致勃勃地叫出「打擊魔王」的遊戲軟體，卻驚訝地發現，怎麼找都找不到三號魔王，更不要說是要打倒三號魔王之後才會出現的四號魔王了。

天才小子馬上一通電話打到媽媽的辦公室，急呼呼地嚷嚷著：「媽媽，電腦又當機了！要不然就是新買的軟體壞了！反正不大對勁兒！」

但是媽媽才不關心這些，媽媽不高興地說：「跟你講過幾百遍？放學回家後要先寫功課，不可以先急著打電動，而且買電腦給你不是為讓你打電動……」

一個月之後，三號魔王和四號魔王終於精心研究出一個無敵必勝絕招，信心滿滿地準備要痛宰天才小子。

可是不管他們怎麼等，天才小子卻老是不來。倒不是因為他現在一回到家就乖乖寫功課，而是——他現在又迷上賽車的電動啦；什麼「打擊魔王」，他早就沒興趣了。

沒完沒了的願望

爸爸媽媽帶阿毛去露營。這是阿毛第一次露營，他對每一件事都感到很新奇。

夜深了，爸爸媽媽累了一整天，早就睡得唏哩呼嚕、鼾聲震天，阿毛仍然精神抖擻地坐在營火附近東摸西摸，自得其樂玩得很高興。

這會兒，他捧著一個爸爸新買的營燈，煞有介事地研究著。

阿毛把營燈翻過來又翻過去，摸摸弄弄了半天。忽然，營燈冒出一大團煙霧，緊接著，一個阿拉伯人裝扮的巨人威風凜凜地出現了。

早就把「阿拉丁和神燈」的故事看得滾瓜爛熟的阿毛一看，馬上興奮地叫起來：「哎呀！是燈神！」可是才剛叫完，阿毛冷靜地想了兩秒鐘，忍不住疑惑地自言自語道：「不對吧？燈神不是應該住在神燈裡面嗎？怎麼會從我們的營燈裡跑出來？」

巨人聽到他的話，急急忙忙地接口道：「沒錯沒錯，我就是你說的那個燈神，只是，以前那個神燈住得太膩了，所以我就找幾個別墅來住。」

「哇，太棒了！」阿毛拍手大樂。

「咳，你別高興得太早，」巨人忽然陰森森地說：「既然你把我放出來了，我要按照傳統慣例讓你實現三個願望……」

「三個願望？這實在是太棒了！」阿毛比剛才嚷得更大聲。

「我的話還沒講完哪！」燈神生氣地說：「等三個願望都實現之後，就要把你處死！」

「啊！」阿毛一愣，「為什麼？」

「沒辦法，這是老規矩，嘿嘿！除非你有辦法制伏我，不過，那是不可能的啦！」燈神咧開大嘴邪惡地狂笑一陣，隨即催促道：「快說吧，你第一個願望是什麼？」

腦筋向來動得很快的阿毛，臨危不亂，已經迅速想好了一個對策。

「好，我第一個願望是——我要一臺電動玩具！」

燈神兩手在空中揮舞一番，顯然是在「作法」，「沒問題，你家裡已經有一臺電動現具了。」

「第二個願望是——我要有一個單獨的房間！」

「沒問題，你已經有一個單獨的房間了。」

「第三個願望是——我還要有三個願望！」

「呃——什麼？」這下子換成是燈神呆掉了。

於是，阿毛不斷地許願，僅僅一個小時以後，他就幾乎已經擁有了全世界！而燈神呢？燈神哭了，一邊哭還一邊指著阿毛痛罵道：「哇！不玩了！你賴皮啦！」

雪花的祕密

當最後一片雪花終於也飄落到地面以後，小雪人這才慢慢的醒過來。

看看四周，好一片銀色世界，真美呀！

小雪人知道那些堆在屋頂上、籬笆上、小信箱上白白的東西叫做雪，問題是，他從來沒有親眼目睹過下雪。好像每回一下雪，他總是馬上就昏了，也不知道是怎麼回事。

下雪的時候究竟是什麼樣的呢？小雪人實在是好奇極了。

儘管好想弄明白下雪的過程，以及為什麼自己每次一下雪就暈，小雪人卻始終無人可問。

他所處的世界，被一個圓頂型的玻璃籠罩著，在這個美麗的世界裡，只有一棟可愛的小磚房，大門上還掛著一個耶誕花環，他則立在這棟小磚房的前面，就在那個小信箱的旁邊。

有一天，小雪人自言自語道：「要是這裡有一個伴就好了，也許他會告訴我為什麼每次一開始下雪我就會昏迷，一直昏到雪停了為止——」

忽然，有一個聲音接口道：「啊，你又不記得了。」

聲音很近，好像就在小雪人的身邊。小雪人努力側眼一瞧，看到信箱上居然站了一隻小鳥。

小雪人很驚喜，趕緊打招呼：「你好呀！我都不知道這裡還有別人！」

小鳥說：「因為剛才那場雪把我覆蓋掉了。」

「不好意思，我都沒注意——」

「沒關係，反正只要一下雪你就會暈，然後就什麼也不記得。」

小雪人非常驚訝，「你好像很清楚啊，那你能不能告訴我，為什麼會這樣？」

小鳥嘆了一口氣，「唉，其實我已經告訴過你好幾百遍了！」

「真的？我一點也不記得呀！」

「我知道啦，這也不能怪你。」

「好，我決定了！」小雪人說：「下次下雪的時候我一定要保持清醒！」

小鳥幽幽的說：「你每次都這麼說——」

「這次我一定會做到！」

「那你準備吧，就要下雪了。」

正說著，小雪人——不，應該說是連同小鳥、信箱、房子，也就是他整個的世界竟突如其來猛然地來了一個上下顛倒！

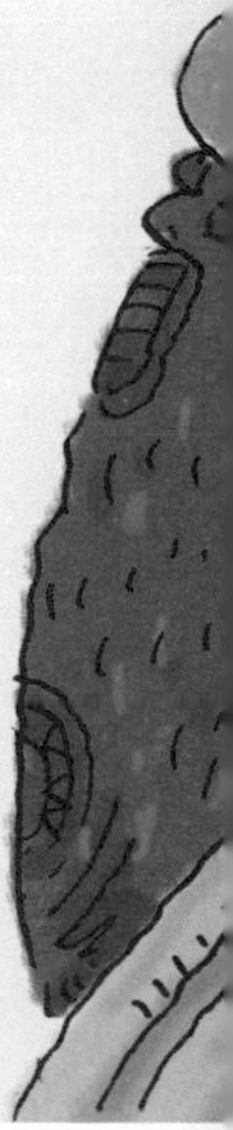

於此同時，開始下雪了！

小雪人受不了這麼劇烈的頭重腳輕，馬上就昏了。直到雪慢慢的停了，他才又慢慢的恢復了意識……

這到底是怎麼回事？原來，這是一個耶誕飾品，只要一被拿起來上下顛倒，就會出現雪花滿天的景象啊。

小嘍囉出走的理由

在一片茂密的樹林裡，有一隻狐狸，他是「狐狸幫」的老大。狐狸老大有三個小嘍囉，分別是小土狼、小山豬和小野馬。最近，這三個小嘍囉全造反啦，全都「離幫出走」，真快把狐狸老大給急死，也氣死了。

狐狸老大仔細分析三個小嘍囉的留書，認定他們之間並沒有串聯密謀，其實每一個小嘍囉的失蹤都只是「個案」，只是現在三個個案不約而同地在同一天發生，就產生了嚴重的後果——堂堂「狐狸幫」的成員竟然只剩下老大一個人了！

「這不是老大兼小弟嗎？」狐狸老大想著：「不！這怎麼可以！消息一傳出去，我勢必會遭到所有江湖人士的恥笑，以後教我還怎麼混！」

狐狸老大立刻做出決定——一定要趕緊把那三個小嘍囉給找回來。

「真是的，」狐狸老大愈想愈氣，「有什麼不滿，大可以說出來，大家商量商量嘛，幹麼這樣一走了之呢？」

追了好一會兒，他終於追上一個小嘍囉。那是小土狼。

「你——你——」狐狸老大上氣不接下氣地問：「你——幹麼要走哇？」

「算了，說了也沒用。」小土狼說。

「你倒是說看看嘛，」狐狸老大說：「是跟我有關嗎？沒關係，我一定會盡量改！」

「好吧，我說了，」小土狼說：「我實在很討厭你老是叫我們練習用慢動作走路，我慢不下來呀！」

「可是這樣才有氣氛嘛！」

狐狸老大不肯放棄「慢動作走路」的規定，於是，只好眼睜睜地看著小土狼走了。

不久，狐狸老大又追上了小山豬。小山豬出走的理由是——「我討厭你老是強迫我們聽古典音樂，尤其是《聖樂》！」

「這樣才有氣氛嘛。」狐狸老大還是這麼說。

不難想見他也沒留住小山豬。又過了一會兒，他追上了小野馬；這是狐狸老大最後的希望了。

小野馬氣呼呼地說：「我不懂你幹麼老是要叫我養鴿子？我討厭鴿子！」

狐狸老大說：「這樣當我們在跟別人打架的時候，才可以在後面放些鴿子，比較有氣氛嘛！」

這個怪理由同樣無法留住小野馬。

既然三個小嘍囉都堅持求去，變成「一人幫」的「狐狸幫」自然也形同瓦解；狐狐狸老大沒辦法，最後也只好勉為其難的改邪歸正算啦！

稀有的「年」

終於又要過年了，「年」好高興啊！

他高興的理由很簡單，也很單純，那就是——他要復仇！他可以復仇了！

自從在很久很久以前，「年」被紅紙和爆竹嚇跑了之後，就悄悄地躲在深山裡，一直拚命苦思到底該如何重返人間，大鬧一場，吃光那些討厭的人！

很顯然地，他若想重返人間，就必須克服自己的心理障礙，不要再

那麼害怕紅紙和爆竹。

「年」首先朝「不要怕紅紙」這個方向來努力。他決定採取「以毒攻毒」的辦法。

「年」心想：「只要我天天接觸紅色，天天看紅色，久而久之，就不會再怕了。」

「年」小心翼翼地擬好了「完全作戰計畫」，一點一點、逐步漸進地增加生活空間裡的紅色，強迫自己習慣紅色，到最後甚至把每一樣東西都弄成紅色，把整個山洞弄得喜氣洋洋，也俗里俗氣。

緊接著，他就朝第二個目標——「不再怕爆竹」來努力。「年」不僅天天大聽搖滾樂，還買來各式各樣噪音錄音帶，不斷地聽著；結果，當他終於不再怕爆竹的時候，差不多也成了半聾的狀態。

然而，就在「年」重返人間的這一天，「年」還來不及擺出凶惡的架勢，就有一大堆熱心的人擁上來，圍住他，充滿感情地說：「又來了一隻稀有動物，我們要好好保護他！」

半聾的「年」，因為聽不清楚大家在說些什麼，還沒決定該如何反應，就已經胡裡胡塗被大家拉著住進「保育動物園」裡頭去了。

小袋鼠的房間

有一天，小袋鼠和他的好朋友——小白兔、小斑馬和小猴子一起在公園玩沙的時候，小白兔突然笑咪咪地對小袋鼠說：「說真的，我好羨慕你喔。」

「羨慕我什麼？」小袋鼠歪著頭問。

小白兔說：「你看，今天的太陽這麼大，我是辛辛苦苦，滿頭大汗才蹦來這裡，可是，你好舒服喔，坐在媽媽的袋子裡就可以來了。」

「對呀，」小斑馬也說：「我也好累喔，我是一路跑來的。」

「我是抓著樹藤一路盪來的，」小猴子說：「真的，小白兔說得沒錯，還是你最舒服。」

小白兔又說：「如果我有一個這麼棒的活動房間，我一定要好好布置一下。」

埋頭挖沙和堆城堡的小斑馬和小猴子，頭也不抬地附議道：「我也是！」

這麼一來，倒給了小袋鼠很大的啟發。

「對呀，」小袋鼠心想：「我有這麼棒的房間，裡頭卻光溜溜的一片，真是太可惜了。」

於是，這天晚上，小袋鼠趁媽媽睡著了以後，悄悄從房間裡爬出來，搬了一大堆玩具、漫畫書、蠟筆、圖畫紙和糖果餅乾，一股腦兒統統放進他的房間。

小袋鼠高高興興地想著：「太棒了！有這麼多寶貝陪我，以後再跟媽媽出去時，除了看看風景，我也有好多事可以做了。

然而，就在小袋鼠想回去睡覺的時候才猛然發現，他的「活動房間」——其實只不過是媽媽肚子上的一個「口袋」罷了，現在，塞了那麼多東西進去，哪裡還有他坐的地方呀？

小象阿德找工作

放暑假了，小象阿德看哥哥、姊姊都找到了打工的機會，心裡十分羨慕。

「好棒喔！」阿德說：「我也好想去找一個工作。」哥哥、姊姊都說：「你還太小啦！」

阿德不服氣，「再怎麼小，總還是一頭大象呀，我可以做很多事情的。」

他先跑去應徵照顧山羊大叔偌大的花圃。

「我向來很喜歡花花草草，」阿德殷勤的說：「您看，我可以用長鼻子來澆花，很方便呢！」

可是山羊大叔有點兒神經質，他看阿德挺活潑的，擔心他哪天萬一胡鬧起來，在花圃裡跑來跑去，那不是要把他心愛的小花、小草都給踩扁了嗎？

所以，山羊大叔沒有僱用他。阿德接著又去鷺鷥媽媽開的游泳池，應徵救生員。

「我最喜歡玩水了！」阿德還是十分積極的說：「而且您看，我可以用長鼻子和遊客們打打水仗，這不是很有意思嗎？大家一定會很喜歡的。」

但是鷺鷥媽媽擔心萬一游泳池有遊客需要救生員，阿德一跳下去——鷺鷥媽媽想都不敢想，所以也沒有僱用阿德。一連碰了好幾個釘子，阿德好失望啊！

最後，是猴子先生主動來找他，「聽說你想找工作，我有一個工作倒是很適合你——」

原來，猴子先生是一個高爾夫球迷，他需要找一個「桿弟」來幫他拿那些沉重的球具。

這個工作對阿德來說，真是又輕鬆、又愉快——他只要用長鼻子把球具輕輕一捲，就可以舉起來啦！阿德終於找到理想的工作了。

捉迷藏

小象灰灰很喜歡玩捉迷藏，不過，他那麼大的塊頭，總是很容易被發現，所以，玩捉迷藏的時候，總是灰灰當「鬼」。

在灰灰生日這一天，小白兔提議：「今天是灰灰的生日，我們應該讓他高興一下；這樣吧，待會兒玩捉迷藏的時候，我們都假裝沒有看到他。」

小獅子、小老虎、小松鼠、小山貓，大夥兒都覺得這個點子很棒，很可以表現他們對灰灰的友情。

於是，一場奇怪的捉迷藏開始了。不管灰灰躲在多麼明顯的地方，甚至只是站在一顆細細的小樹背後，居然都沒有人發現他。

玩著玩著，灰灰突然傷心的大哭起來。

「灰灰，你怎麼啦？」大夥兒紛紛關心的問。

「我做錯了什麼嗎？為什麼你們都不理我？都不讓我玩捉迷藏？」灰灰看起來委屈極了。

「怎麼會呢？我們現在不是正在一起玩嗎？」朋友們七嘴八舌的拚命安慰。

「可是——」灰灰一把眼淚、一把鼻涕的說：「為什麼你們都不抓我？都不讓我當鬼？我要當鬼啦！嗚嗚！」

大夥兒你看看我，我看看你，這才明白原來是弄巧成拙，反而害得灰灰誤會啦！

小土狼的披風

小土狼立志要當蝙蝠俠。他把自己的寶貝毯圍在脖子上，很威風的跑來跑去；一邊跑，還一邊發出狼嚎，並且張牙舞爪，拚命要做出很厲害的樣子。

狼媽媽問：「兒呀，你在鬼叫什麼呀？」

小土狼神氣的說：「我是蝙蝠俠，正義的使者，專門打擊壞蛋，幫助好人，壞蛋看到我，一定馬上就開溜。」

「是嗎？」狼媽媽笑咪咪的隨口應道：「我們家的小土狼，好厲害喔──咦？」

這時，狼媽媽注意到小土狼脖子所圍的東西，不禁瞪大了眼睛。

「喲，」狼媽媽笑道：「這不是你的寶貝毯嗎？」

「不對，它現在是我的披風。」

「用寶貝毯來做你的披風？你不嫌臭呀！」

也難怪狼媽媽會這麼說，因為小土狼每天晚上睡覺的時候都要抱著寶貝毯，還常常把它啃得溼溼的。

「怎麼會臭呢？」小土狼不服氣的說：「我的寶貝毯最香了。」

「好嘛，你說香就香，不過，你可不可以讓我先把它洗一洗，你再玩呀！」說著，狼媽媽就想伸手過來拿。

「等我先去打擊幾個壞蛋再說吧！」小土狼一溜煙就不見了。

門外不遠處正好有幾個同伴聚在一起玩。

「嘿！大家好，我是蝙蝠俠！」小土狼看來挺神氣的。

可惜，同伴們仗著個個都比小土狼高大，誰都懶得理他；直到小土狼逐漸逼近，大夥兒才突然慌慌張張的一哄而散。——沒錯，那是因為大家都聞到寶貝毯的味道了；那條寶貝毯實在是——實在是——**好臭**

哇！

笑咪咪小兔

每一個小寶寶在剛開始長牙的時候，都會很喜歡抓個什麼東西塞在嘴裡拚命的啃；一方面是好玩，一方面也是為了磨牙，這是小寶寶發育成長的一個必經階段。

所以市面上就有了一大堆各式各樣，十分可愛的「固齒玩具」，「笑咪咪小兔」就是其中之一。

「笑咪咪小兔」——這是他的名字，但實際上他覺得自己應該叫做「哭兮兮小兔」才對，因為，他整天都被小寶寶啃得好痛哇！而且，小

寶寶每次啃他，都會把他可愛的兔頭弄得一大灘口水，「笑咪咪小兔」真是恨死了。

「好噁心啊！臭死了！」，「笑咪咪小兔」總是抱怨著。

而掛在嬰兒房上方的玩具風車卻總是安慰他：「哎呀！小baby的口水已經是世界上最香的口水啦！」

「你喜歡的話，你來被他啃好啦！」「笑咪咪小兔」氣呼呼的說。

「拜託，那是你的工作耶，我只是提醒你，小baby其實都是又臭又香的，因為他們有奶香嘛！而且我想奉勸你，別抱怨了，現在能抱怨還是你最幸福的時候呢！」玩具風車一副語重心長的樣子。

每天幾乎都要被啃得發瘋的「笑咪咪小兔」當然聽不進這番「歪

理」，然而，過不了多久，他就發現，玩具風車講得一點也沒錯……。

小baby不知何時突然長得好大了，不再需要「固齒玩具」和玩具風車這些嬰兒時玩的東西了，媽媽便把他們統統打包在一起。現在，「笑咪咪小兔」不再被啃了，但是——他覺得好寂寞喲！

「你怎麼會這麼有先見之明呢？」他忍不住問玩具風車。

玩具風車嘆了一口氣，「因為我曾經也是他哥哥的玩具呀！」

好吃麥克風

電視臺愈來愈多，這對大灰熊來說，真是一場惡夢。

大灰熊是一家化學工廠的「發言人」。所謂「發言人」，就是代表公司面對新聞媒體侃侃而談的人。大灰熊相貌堂堂，口才又好，尤其是穿起西裝，沒人比他更帥，大家都說，大灰熊是一位最出色的「發言人」。

大灰熊也很喜歡自己的工作。只要把老闆的意思修飾一番，再告訴那些新聞記者，這沒什麼難的。麻煩的是那些麥克風。

想當初還只有三家電視臺的時候，大灰熊只需要面對三支麥克風，他可以把三支麥克風都照顧得好好的，讓三支麥克風同時都很清晰的

收音。曾幾何時，電視臺一家又一家的冒出來。現在，每當大灰熊要發言了，堆在他面前的麥克風竟有十幾支之多，幾乎是過去的好幾倍！而且，這些麥克風一支比一支大，一支比一支怪異。大灰熊一看到這些麥克風就已經眼花撩亂，為了照顧每一支麥克風，他在發言時腦袋總是轉個不停，看起來慌慌張張，毛毛躁躁的。逐漸的，開始有人反映，大灰熊怎麼沒以前那麼穩重了？

「都是那些可惡的麥克風害的。」大灰熊恨恨的想。

正巧在這個時候，大灰熊對工作開始感到有點兒倦怠，很想做一點改變。他決定先從改變麥克風做起。

腦筋向來很靈光的大灰熊，設計了一系列冰棒造形的麥克風。這些麥克風實在太可愛了，不但模樣像冰棒，顏色也很像冰棒，每個人看了，都有一種想上前去舔一口的衝動。

電視臺都很樂於採用這些特別的麥克風。看到自己設計的東西這麼受歡迎，大灰熊當然很高興，工作情緒一下子也提高不少。只是——他開始有些心不在焉，因為，他又在構思新的麥克風了。

這天，大灰熊本來是正經八百的侃侃談，「關於這個問題，本公司一定在近日內延請許多專家學者，做審慎的評估，然後——」

大灰熊說到這裡，突然不由自主的呆掉了。大家見到他張大著嘴巴愣在那兒，都覺得好奇怪。等了好一會兒，終於有人不耐煩的問道：

「然後怎麼樣？說話呀！」

大灰熊卻牛頭不對馬嘴的叫起來：「甜筒嘛！我怎麼早沒想到呢？這麼明顯的答案。」

臺下的新聞記者們你看看我，我看看你，覺得莫名其妙。「你是說，你們要請許多專家學者一起來做甜筒？奇怪，你們不是化學工廠嗎？」

大灰熊這才回過神來，滿臉通紅——幾乎要變成大紅熊了，結結巴巴的拚命解釋：「不不，我的意思——不是我們要做甜筒，是我——唉，這該怎麼說呢——」

不管他怎麼說，怎麼解釋，那天的記者會還是澈底的砸鍋了。

憤怒的老闆，抖著手，指著大灰熊，歇斯底里的吼道：「發言人不好好發言，搞什麼麥克風！我真是受夠了你那些可惡的麥克風，你現在就給我滾！」大灰熊摸摸鼻子，聳聳肩，莫可奈何的走了。

還好他是腦筋很靈光的人，工作砸鍋之後，他很快又「另起爐灶」——他也做老闆啦！大灰熊開了一家冰品店，專賣冰棒和甜筒，都長得很像麥克風。

大灰熊所生產的冰品，就叫做「好吃麥克風」。

他的生意真是好極了。整個森林裡，不管是大朋友還是小朋友，都很喜歡吃「好吃麥克風」，假如有人居然說沒有吃過「好吃麥克風」，別人一定會笑他：「你真是落伍啦！」

虎斑貓小花的故事

一隻虎斑貓，搖搖晃晃走在一條狹窄陰暗的巷子裡。

一聲尖銳的喇叭聲自他身後響起，虎斑貓嚇了一跳，猛回頭，迎面只見到刺眼的燈光，他立刻本能的往旁邊一躍，躍到路邊一輛轎車的引擎蓋上。

「哼，臭貓！」摩托車騎士又叭了兩聲，咒罵著呼嘯而過。虎斑貓呆呆望著摩托車騎士的背影，不明白那人為什麼要對自己如此凶惡，只因為自己剛才走在巷子中央嗎？……難道貓是不應該走在路的中央嗎？……

虎斑貓迷惑了。事實上，他現在迷迷糊糊的，除了確定自己是一隻貓以外，其他什麼事也不確定。

也不知道究竟是怎麼弄成這樣的？虎斑貓只覺得頭好痛，肚子好餓，腳好瘦，還有，脖子好癢、好辣，一種好奇怪的感覺。他抬頭看看雲端的月亮，納悶著自己到底是從哪裡來的？現在這裡又是哪裡？

正在苦思，牆頭忽然有人在招呼他：「老兄，你在發什麼愣啊？」

他循聲找去，看見一隻土黃色的貓正端坐在牆頭，友善的看著他。

「你在叫我嗎？」虎斑貓看著那陌生的同伴，疑惑的問道：「我們認識嗎？」

「自我介紹一下就認識啦，我叫小黃，這是我自己取的名字。你叫什麼名字？」

「小花！」虎斑貓脫口而出，隨即愣了一下，自言自語著：「奇怪，我真的叫小花嗎？還有——」他抬起頭來，看著那隻土黃色的貓，暗暗想著：「小黃？我怎麼覺得好像聽過這個名字？可是——我真的不認識他呀？」

「喂，」小黃有些警戒的看著小花：「你是不是在笑我的名字？」

「笑你的名字？為什麼？」

「有好多弟兄們都笑我取一個狗的名字，奇怪，我就不懂，為什麼貓就不可以叫小黃？」

「是呀，我也覺得叫小黃沒什麼不好，」小花誠懇的說：「我覺得你的名字很可愛，就是——你的樣子邋遢了一點。」

「我邋遢？你的樣子也乾淨不到哪裡去啊，」小黃好整以暇舔著足掌說：「算了，咱們也別笑來笑去，都是流浪貓嘛，哪有不邋遢的。」

「是嗎？」小花低頭看著自己髒兮兮的身子，嘀咕著：「我是流浪貓？」

「噯，你是從哪裡來的？」小黃對這個不會笑他名字的新朋友真是充滿了好感。

「我——我不知道……」

「可憐，一定流浪很久了吧。來，你先跟我回家，我來幫你。」

小黃的家就在垃圾堆附近一個不顯眼的破紙箱裡，雖然臭了一點，但是小黃說找食物還算方便。

小黃把一些黃顏色的顏料拿出來，神祕兮兮的對小花說：「我告訴你，這個祕密我只願意跟你一起分享。我有一個計畫，可以不必再做流浪貓，有人會照顧我們。」

「真的嗎？怎麼做？」

「明天公園裡會有一個活動，是要保護野生動物……」

「野生動物？」小花驚奇的說：「我們是野生動物？」

「你別打岔，」小黃壓低了嗓門：「我們當然不是野生動物，可是我們可以冒充是石虎啊，我已經打聽清楚了，那傢伙是山貓，體型大概只比我們大一點，身上布滿虎斑，他是正被大家保護的野生動物之一；所以，只要我們能冒充他，就有人會來保護我們，我們就不必再過這種鬼日子了。」

說到這裡，小黃停下來看看小花，羨慕的說：「你化粧起來一定比較容易，也比較逼真，因為你身上已經有虎斑了嘛。」

第二天，兩隻假扮成石虎的流浪貓，大搖大擺朝公園走去。公園裡有好多人，還有音樂，一副熱鬧滾滾的樣子。

「我們要鎮定一點，」小黃一邊走，一邊對小花說：「等我們一走近人群，一定就會有人認出我們……」

小花倒也不怕，也不緊張，只覺得有一種說不出來的熟悉……這公園，他以前是不是來過呀？

「小花！」突然，有人又興奮又激動的大叫。

「快跑！」小黃嚷著，隨即率先跳開；但是小花並沒有跟著他跳開，他愣在原地，呆呆的看著一個小女孩朝他跑過來……

「小花！我終於找到你了，你跑到哪裡去了！」小女孩緊緊摟著小花，害他差點不能呼吸；奇怪的是，這種「差點不能呼吸」的感覺，也是他所熟悉的……是誰——也曾經這樣摟過他呢？……

「走吧，我們回家，你看，你的項鍊我每天都放在口袋裡呢，我已經找了你好幾天了。」小女孩把一條項鍊替小花戴上，這一戴，小花脖子再也不癢，也不涼了；那種奇怪的感覺完全消失了。

小花的記憶也恢復了。他熱情的喵喵著，開始拚命和小主人撒嬌。原來，小主人的家就在公園附近，小主人常帶小花來公園玩。小主人家隔壁有一頭老狗，名叫老黃，小花常喜歡逗弄老黃，笑他反應不夠快。幾天前，小花又戲弄老黃，害他追著自己猛打圈圈，結果玩得太瘋，一不小心自己腦袋撞上牆壁，一下就撞昏了。老黃雖然舔醒他，可是醒來之後，小花的腦袋就成了一片空白，呆呆的走出去……而老黃是被栓著的，沒辦法追上去，只能汪汪大叫乾著急。

小花就這樣興高采烈隨著小主人回家了。離開公園之際，他還拚命用目光四處搜尋著小黃的身影，但怎麼也看不到他……

「喲，你身上塗了什麼呀？」小主人抱著小花，驚奇的說：「出去玩幾天，你可真髒耶。」

「喵！」小花被小主人抱著，有說不出來的幸福和傷感，混合交織著；他真慶幸自己原來並不是真的流浪貓，但是他也掛念著小黃，不知道他的計畫能不能成功？……

暗語遊戲

有一天，小強突發奇想，興匆匆的對妹妹說：「我想到一個新的遊戲，我們來玩『暗語遊戲』，保證好玩！」

「什麼是『暗語遊戲』？」妹妹問。

「就是你拿出一個寶貝玩具，讓我藏起來，再寫一個暗語給你，你只要解開了這個暗語，就能找回你的寶物。」

「可是『寶物』是我自己的玩具，這有什麼意思？」

小強想了一想，「那我也拿出一個寶貝玩具來陪你的寶貝好了。」

12

妹妹看哥哥那麼熱中，只好勉為其難的答應了。可是因為妹妹對自己猜謎語的本事一向沒什麼信心，她想，「解暗語」一定也不會很容易，所以不敢拿出真正寶貝的玩具，免得待會兒被哥哥藏起來以後會找不到，於是就隨便拿出一個邋裡邋遢的洋娃娃，要充當「寶物」。

「你的『寶物』就是這個？」小強說：「她的頭髮亂得像一個瘋子！」

「亂講！」妹妹強辯道：「這是現在最流行的髮型呢。」

既然如此，小強也拿出一個退休的機器人，來陪伴那個瘋子洋娃娃。

「這就是你的『寶物』？」妹妹也故意嘲笑哥哥，「他還能動嗎？」

「有新電池就會動的。」小強說：「現在，你先到對面小芳家去，十五分鐘以後再回來，我來藏寶，還有寫暗語。」

妹妹乖乖的到小芳家去等。小芳是她的好朋友。

不過，兩個小女生一見面就玩起來，很快的忘了時間，最後還是小強跑來找妹妹回去，一臉不高興的說：「快點來玩呀，我的暗語都寫好老半天了。」

這個偉大的暗語是這樣的：

進了城堡的大門，向會演戲的箱子右轉，站在大太陽下，等一秒鐘，左轉，看到破洞椅子後再向左轉，走到睡美人的床，寶物就在睡美

人床下的寶箱裡。

「怎麼樣？不會很難吧？」小強問。

妹妹卻傻傻的說：「這是什麼呀？我一點兒也看不懂！」

「廢話！如果一下就看得懂，那還叫什麼暗語！你慢慢想吧！」小強丟下妹妹，自己去打電動了。

妹妹想了老半天，想不出來，就也算了，又回頭找鄰居小芳玩。

這下子，兩個「寶物」——那個一頭亂髮的洋娃娃和那個電池早就沒電的機器人，可急死了。他們被塞在「寶箱」裡，和其他許多亂七八糟的雜物擠在一起。他們等了好久好久，一直都沒有人來。

「完蛋了！怎麼都沒有人來理我們？」洋娃娃哀號著。

「我看——」機器人幽幽的說：「他們一定是早就忘了。」機器人說得沒錯，小強和妹妹是差不多都忘了，早就又各自玩別的遊戲去了。

又等了好久，還是毫無動靜。機器人對洋娃娃說：「不如我來幫你編辮子吧，這樣你的頭髮看起來就不會那麼亂，我們也好打發一點時間。」

過了好久好久，編好一頭密密麻麻辮子的洋娃娃，看起來果然有精神多了，也時髦多了。

「啊，你真好，」洋娃娃對機器人說：「我已經很久沒這麼好看了，我也希望能為你做點什麼……」

說著說著，她突然在周圍的雜物中摸到兩個圓圓長長的東西——是兩個電池！

「咦，這兩個電池不知道是新的還是舊的？」洋娃娃說：「我們來試試看……」

一裝上去——嘿！機器人立刻發出驚人的閃光和電擊聲，他又能動了！

幾乎就在同時，「寶箱」被打開來，洋娃娃和機器人都看到了媽媽和妹妹的臉。

「哇！媽媽，你好厲害呵，真的被你猜對了！」原來，是妹妹要媽媽幫她解暗語。

暗語的答案是這樣的：「城堡般的大門」是指家裡的大門；「會演戲的箱子」是指電視機；「大太陽」指客廳天花板的主燈；「破洞椅子」指馬桶；「睡美人的床」是指妹妹的床，「寶箱」就是床下的抽屜。

解開了暗語，找到「寶物」，小強和妹妹都很高興。只是——他們實在想不透，為什麼才那麼一會兒工夫，洋娃娃和機器人看起來會跟以前有那麼大的不同？

紅哥

四年四班的小朋友，一起養了好幾隻小動物，有一盒蠶寶寶、兩隻天竺鼠、兩隻小白兔，還有一隻公雞。小朋友們都很喜歡這些小動物，一一替他們取了名字。那隻雄赳赳、氣昂昂的公雞，大家都叫他「紅哥」，因為他的雞冠十分紅豔。

有一天，老師決定不再養這些小動物，就要小朋友踴躍認養這些小動物，把小動物們紛紛帶回家。小動物們很快就被認養光了，唯獨紅哥沒有人要。

紅哥

「怎麼？都沒有人要嗎？」老師有點著急。

「我媽媽說，我們家是公寓，不適合養公雞。」小朋友們幾乎都這麼說。

也有的小朋友說：「我媽媽說，除非可以宰了牠……」

「那怎麼可以！」大家紛紛叫起來：「這是我們的班雞吔，怎麼可以宰！」

又有小朋友提議：「那就讓紅哥留下來好了。」

「不行！紅哥一定要送走！」老師說：「他老是亂叫，吵得我都不能好好上課。」

這時，小敏開口了：「老師，我阿婆住在鄉下，也許我可以問問……」

小敏還沒有說完，老師就已經高興的叫起來：「啊，那太好了！你趕快去問！」

就這樣，一個星期之後，紅哥就來到小敏的阿婆家。對於這樣的安排，紅哥真是滿意極了。

小敏的阿婆本來就養了好幾隻雞和好幾隻鴨。紅哥到的第一天，就神氣兮兮的到處跟這些夥伴打招呼：「嗨，你好嗎？」

這些雞呀鴨呀對紅哥熱情的招呼也都紛紛表示友善的回應，只有一隻大公雞例外。這隻大公雞對紅哥表現出明顯的敵意，紅哥跟他打了幾聲招呼，他理都不理，甚至還很無禮的轉過身去，搖搖擺擺的走了。

望著大公雞驕傲的背影，紅哥不禁向四周的夥伴嘟囔著：「嘿，這傢伙是怎麼回事啊？」

一隻母雞好心的告訴紅哥：「這個你都想不到？他當然是怕你會搶了他的風頭哇。」

「什麼意思啊？」紅哥歪著頭問。

「我們這裡一向是由他負責叫大家起床，現在你來了，不是就會有兩個來叫大家起床了嗎？」

「喔，原來是為了這個！」紅哥咯咯咯的笑了，「那他誤會了，我才不會叫人家起床呢，我只會叫下課。」

「下課？」所有的雞呀鴨呀都一頭霧水，「什麼是下課？」

紅哥也吃了一驚，「難道你們這裡都不用上課的嗎？」

「上課？」雞呀鴨呀更不懂了，「你剛才不是說什麼『下課』的嗎？怎麼現在又冒出來一個什麼『上課』？」

紅哥這才明白，原來他是來到一個沒有「上課」和「下課」的地方！

「哎呀呀呀！」他著急的咯咯咯直叫：「那我以後到底要什麼時候才能叫哇！」

過去，紅哥只要看到小朋友們紛紛在坐椅上扭來扭去，或兩眼呆滯，或面露不耐，就知道差不多該下課了，而大叫特叫起來，紅哥的叫聲總是在鈴聲響起之前就已經提早響起，也難怪老師後來會愈來愈不喜歡他。

「你這隻公雞真奇怪。」先前那隻好心又熱心的母雞對紅哥說：「公雞不是應該都要叫大家起床的嗎？你怎麼會不知道呢？」

「我不知道，我真的不知道，我不會呀！」紅哥真快急死了。大夥兒紛紛交換了一個眼神，意思是：「哼！城市來的土包子！」

後來，在大夥兒的協助及幫忙之下，紅哥十分隆重的拜那隻驕傲的大公雞為師父，想學習早起叫人的本領，但——他一直學不會，因為紅哥自己就實在太愛賴床了，而且他始終搞不懂，人家起不起床，到底關他什麼事啊！

太空戰士克魯多

一聽說要去小偉表哥家玩。太空戰士克魯多簡直和小主人——小寶一樣的興奮。

小偉表哥全家最近才剛從美國搬回來，過去因為他遠在美國，小寶見到他的機會並不多，好像總共只見過兩次吧。都是放暑假時，媽媽帶小寶去美國渡假的時候見到的。

（不過話說回來，小寶現在也沒多大，不過也只有七歲啊。）

小寶對小偉表哥家印象最深刻的地方，不是他們家的房子好大，後院好大，狗狗Lucky可以常常放進屋內……而是——小偉表哥的玩具好多啊！簡直是多到令小寶看得兩眼發直。

更叫小寶羨慕的是，小偉表哥有好多媽媽都不願意買的「暴力玩具」，就是那些可以用來打來打去的玩具。

小寶覺得，真是太不公平啦！小偉表哥和他差不多大，只比他大一歲多，為什麼小偉表哥可以玩那些「暴力玩具」，他就不可以呢？

唉，沒辦法，誰叫小孩子是「弱小動物」，根本沒有什麼發言權，只要媽媽覺得哪些書好看，哪些玩具好玩（其實媽媽所說的「好看」和「好玩」往往就是所謂的「有意義」），媽媽就會拚命的買給小寶，根本就不管小寶喜不喜歡；同樣的，如果是媽媽覺得「不好」、「沒有營養」的玩具，譬如那些小寶著迷的「暴力玩具」，不管小寶怎麼撒嬌，都硬是怎麼也不肯買。

小寶現在的心肝寶貝——太空戰士克魯多，還是今年小寶假「生日禮物」之名，並且在爸爸多次幫忙「哀求」之下，媽媽好不容易才答應買的。

有了太空戰士克魯多，小寶不管吃飯、睡覺、寫功課或是彈鋼琴，幾乎不管做什麼都帶著他，真是寶貝得不得了。

能夠受到小主人小寶如此寵愛，太空戰士克魯多當然是覺得很幸福，不過——偶爾也會覺得有點兒寂寞，因為——小寶就他這麼一個「暴力玩具」，都沒有一個勢均力敵的對手和他對打，也沒有機會讓他施展種種戰略（關於作戰，他可是懂得不少的），只能經常無緣無故跑去追打小寶妹妹的那些洋娃娃，連他自己都會感到臉紅。

所以，太空戰士克魯多對於小偉表哥家也充滿了嚮往；他聽小寶向很多來過家中的小客人都講過「我有一個表哥，他有好多好好玩的玩具……」那一大串又長又難記的名字，太空戰士克魯多連聽都沒聽過，但是他覺得聽起來都是好厲害的樣子。

「真希望有一天能夠見到他們。」太空戰士克魯多經常會這麼想著。

終於，機會來了，小偉表哥全家從美國搬回來了；更棒的是，就在這個禮拜天，媽媽就要帶著小寶去探望小偉表哥和他的爸爸媽媽了！

「哇！太棒啦！終於可以見面啦！」自從一知道這個消息，太空戰士克魯多就和小主人小寶一樣的興奮，他知道小主人到時候一定會帶他去的；他不斷的想著：「我相信我和那些了不起的戰士和英雄，一定可以聊得很投機，玩得也很愉快，那一定會是難忘的一天！」

萬萬沒想到，在期待已久的日子終於到來，在小偉表哥家初次見到那一大群英雄和戰士時，太空戰士克魯多就嚇了一大跳！因為他赫然發現——老天爺！他們的武器全都拿錯啦！怎麼會統統都用左手拿著呢？身為戰士，身為英雄，怎麼會連這點兒基本常識也沒有？居然不知道應該要用右手來拿武器？

太空戰士克魯多忍不住指教這夥弟兄，「喂！你們的武器都拿錯手了啦，應該用右手拿才對。」

接下來，克魯多發現了一個更糟的情況，那就是——這群來自美國的英雄和戰士，全是說英語！他和他們根本是雞同鴨講，無法溝通，他怎麼也弄不懂他們在嘰哩咕嚕些什麼？

其實，那群英雄和戰士也在說：「這傢伙到底是怎麼回事？怎麼會用右手拿雷射槍啊！」

事實上，大家都沒有錯，只不過是由於小寶習慣用右手，小偉表哥則習慣用左手；主人如此，玩具自然也就跟著依樣畫葫蘆囉。

小書蟲要回家

有一隻小書蟲，最喜歡啃書。他原本是住在一個大大的圖書館裡，那裡有好多很棒又很有營養的書，小書蟲每天都過得很開心，還把自己養得白白胖胖。

有一天，小書蟲正在啃一本很有意思的書，一個男孩剛巧來借這本書，於是，小書蟲就這樣在不知情的情況之下離開了圖書館，來到了男孩的家。

當小書蟲覺得啃夠了，該換一種口味了，便伸了伸懶腰，從書裡走出來，打算在書架上散步片刻，再鑽進另一本書裡去。俗話說得好：「不偏食，身體好。」書既然是「精神糧食」，當然也應該避免偏食；小書蟲是懂得這個道理的。

萬萬想不到，當他一從書裡鑽出來，立刻大吃一驚，呆掉了；過了好半天才驚慌失措的嚷嚷著：「天啊！這是怎麼回事？世界全變啦！」

可不是？以往所熟悉的圖書館的景象到哪兒去啦？眼前這個零亂不堪的男孩的房間，是小書蟲過去從來沒看過、甚至想也沒想過的。

「完了！完了！這是哪裡啊？我怎麼會在這裡啊？」小書蟲真是嚇壞了。

忽然，角落裡響起了一個聲音：「噓！拜託你別叫了！我們頭已經夠痛的了。」

「誰？」小書蟲害怕的問：「是誰在那裡？」

「是我啊。」從角落的一堆原木積木中，爬出了一個小東西——喔，原來是一隻小蛀蟲。

「你怎麼會在那裡？」小書蟲問。

「這裡有什麼不好？」小蛀蟲沒好氣的瞪了小書蟲一眼，「原木積木很可口呀！再說，這裡也是我唯一找得到可以吃的東西了。」

「這麼慘？」小書蟲匆匆環顧一下四周，這個怪地方似乎還是有不少書啊。

小蛀蟲沒多說什麼，只悶哼一聲：「哼，你很快就會知道了。」

果然，過不了幾天，小書蟲就發現，男孩的書雖然也不少，卻都一樣的乏味、無聊、又沒有營養，小書蟲覺得簡直是難以下嚥！

這天，他支著小腦袋，虛弱的說：「不行！再啃下去我真要吐了！這——這些鬼東西還能叫書嗎？應該統統拿去資源回收才對！不，這些叫做書的東西根本就不應該出版！」

看他這麼難過，小蛀蟲十分同情，特別爬過來安慰他：「別這麼激動，相信我，頂多一個月之後，你就可以回到你的老家——那個叫做圖書館的地方去了。」

小書蟲看看載自己來的那本書，再看看男孩房間裡的書，「我真不懂，這傢伙既然愛看這些沒營養的東西，為什麼又會突然從圖書館借一本有營養的書回來呢？」

「一定是為了要寫報告吧，」小蛀蟲很有把握的說：「這種情形我看多了，真的，別擔心，你不久就可以回去了。」

不幸的是，這個男孩實在是一個名副其實的大懶蟲，報告先是一直拖著不寫，後來則是向好幾個同學借來資料，亂抄一通；他根本早就忘了自己還曾經從圖書館借回過一本有營養的書。想當初在去圖書館的那一天，男孩還覺得精神抖擻，充滿了朝氣與希望；那天早上，他決心要寫一篇很棒的報告。

眼看回家的日子遙遙無期，小書蟲又已餓得活像皮包骨，好可憐啊！小蛀蟲便一再安慰小書蟲，「不要灰心，這傢伙每隔一段日子就會神經發作，說要振作，那個時候他就會上圖書館了。」

小蛀蟲說得沒錯，又過了一陣子，男孩真的又想振作了，這才猛然想起有一本書一直忘了還。

小書蟲終於可以回家了！小蛀蟲跟著他一起；因為小蛀蟲聽說圖書館裡不僅有很多很棒的書，也有很多很新鮮、很可口的木桌木椅，所以，小蛀蟲決定要來大開眼界，飽餐一頓！

找不到羊皮的狼

有一隻狼，老喜歡披著羊皮去做壞事，可是最近——他長胖啦，胖了好多呀，所以，都找不到適合的羊皮了，狼感到非常的苦惱。

這天，狼來到了一家裁縫店，想訂做一件羊皮。

裁縫師傅是猴子大嬸，告訴狼：「訂做是沒問題，不過，白色的羊皮最近缺貨，只有黑色的。」

「黑色的？」狼皺了皺眉頭；他向來討厭黑色。但是，既然猴子大嬸這麼說，也沒辦法了，黑色就黑色吧。

其實猴子大嬸還有一點沒有告訴狼，那就是——好的黑色的羊皮也缺貨，現在只有劣質的三等貨。這種糟糕的羊皮，只要一碰水就會嚴重縮水。

「髒了的時候，記得要拿去乾洗啊。」當狼來拿羊皮的時候，猴子大嬸特別這麼叮嚀著。

「知道了。」狼把新做好的黑色羊皮捧在手裡，看了又看，滿心歡喜。他現在覺得，其實黑色也挺好看的。

第二天晚上，趁著月黑風高，狼穿上這件嶄新的黑色羊皮，打算潛入羊圈去偷一隻小羊。

他小心翼翼的在草原上匍匐前進，想到不久就可以享受一頓美味可口的宵夜，不禁興奮得口水直流……

不料，就在這個時候，突然下起了一場猛烈的雷陣雨。雖然這場雨來得急也去得快，但是躲避不及的狼卻已被淋成了一個可憐兮兮的落湯雞！更慘的是，那件嶄新的黑色羊皮淋了雨之後竟急速縮水，緊緊貼在狼的身上：狼肥胖的身軀被這件黑色的羊皮死命的一裹，一點也沒有「羊」的樣子，反倒像一頭魁梧的山豬！

「奇怪，這是怎麼回事？」狼奮力從口袋裡掏出行動電話，想問問猴子大嬸。不幸的是，電話還沒打通，他還正在撥號的時候，第二場雷陣雨又來了！這場雨來得更急、更厲害，還夾雜著閃電！也不知道是怎麼回事，一個閃電竟因此打中了狼，差點兒就把他從「山豬」變成了

「烤豬」！

狼哀嚎一聲，當場就暈了過去。

當他醒過來的時候，發現自己正躺在醫院的急診室裡。醫生一邊用剪刀剪開他身上的羊皮，一邊咕噥著：「又是一個傻瓜！下這麼大的雨非但不趕快躲進室內，居然還敢打電話，這不是找死嗎？」

狼看著醫生「咔嚓咔嚓」的剪破他的寶貝羊皮，心疼得不得了，一直大叫：「我的皮！我的皮！……」

「放心吧，你的皮沒怎麼樣，」護士們都好心的安慰他：「被閃電打中，皮還沒燒焦，真是不幸中的大幸！」

經過醫護人員細心的照料，狼很快就恢復了。出院那天，他在走廊

上看到一個大大的黑色塑膠袋。

「咦？這是新一代的羊皮嗎？也是黑色的？感覺上好像很輕？」

興致一來，胖嘟嘟的狼索性鑽進黑色的塑膠袋中，想「試穿」一下。

非常不巧，他才剛一鑽進去，就被醫院裡的清潔人員發現了。

「奇怪，我剛不是剛清過一次嗎？什麼時候又多出這麼一大袋垃圾？」清潔人員嘟囔著，隨手就把袋口紮起來，然後使勁兒拖出去丟到垃圾車上，載往臭氣沖天的垃圾場！

唉，這個要命的「羊皮」可真是把狼給整得好慘！

不過——出乎大家意料之外的是，竟因此也產生了好的影響。

由於找不到合適的羊皮，狼決定今後就再也不要做壞事了，就乖乖的做一頭善良的狼吧。

「本來嘛，也沒人規定狼就非得做壞事不可。」改過自新的狼，理直氣壯的這麼想。

想剪腳指甲的玩具怪獸

有一個玩具怪獸，平常都是雄赳赳、氣昂昂的站著，有一天，小主人心血來潮，將他坐了下來，放在桌上陪自己寫功課。

功課寫完，小主人順手把怪獸放回玩具架上，就跑出去玩了。

坐了這麼久，玩具怪獸首度注意到一件事——天啊！他的腳指甲怎麼這麼長！嚇死人了！以前他從來都不知道！

「哇！我的腳指甲！太長了！」怪獸驚呼著。

他想起曾經看過女主人替小主人剪腳指甲，立刻就明白自己現在應該做什麼——他需要剪腳指甲！

問題是，該怎麼剪呢？

很顯然的是，既然他自己不會剪，就必須請人來幫他剪。

玩具怪獸主意打定，就撲撲背上的小翅膀，轉動著大腦袋，露出一個自認為很和藹（其實是很猙獰）的笑容，對著坐在自己右邊的洋娃娃說：「迷人的小姐，不知道我有沒有這個榮幸——」

洋娃娃不等他說完，就已經興奮得叫起來：「啊，你要請我喝下午茶嗎？」

這個洋娃娃是不久前來家裡玩的小客人遺忘在這裡的，所以暫時坐在這裡；她已經很久沒有玩喝下午茶的遊戲了，以前她的小主人天天都要跟她玩喝下午茶。

「不，」玩具怪獸客客氣氣的說：「我想請妳幫我剪腳指甲。」

「什麼？」洋娃娃用她美麗的大眼睛瞪著玩具怪獸，再瞪著他長長的腳指甲，花容失色道：「你瘋了嗎？你的腳指甲又長又黃，恐怕還很臭吧！我才不要剪！」

玩具怪獸只好轉頭去問坐在自己左邊的貓頭鷹布偶，「你可以幫我剪嗎？」

「呃——」貓頭鷹布偶有些遲疑的說：「我的近視眼很深，我來替你剪——恐怕不太保險吧？」

玩具怪獸想起男主人就曾經不小心把小主人剪傷過，惹得小主人哇哇大叫；而男主人就也是一個深度近視眼！

「噢，沒關係，」玩具怪獸心都涼了，「那就算了。」

他又繼續問坐在貓頭鷹布偶身邊的金剛戰士，「你可以幫我剪嗎？」

「小子，別開玩笑了！」金剛戰士板著臉孔回答：「我都是拿武器的，從來就沒拿過指甲剪！」

言下之意，叫他拿指甲剪簡直就是莫大的侮辱！

「拜託啦！」玩具怪獸哀求著。

「不行！」

一連碰壁，玩具怪獸真是傷心極了，不禁哀怨的叫了起來：「啊，我該怎麼辦啊！」

有一個聲音適時的響起：「我知道該怎麼辦。」

玩具怪獸慌忙抬眼尋找，看到一個也是背上有小翅膀的怪獸，正凶惡（其實是很和善）的看著他。

「請問——」玩具怪獸小心的問：「您覺得我應該怎麼辦呢？」

「簡單，」那個玩具怪獸充滿自信的說：「你只要站起來就好了嘛！」

玩具怪獸心想，對呀，這倒是一個好辦法，來個眼不見為淨，就假裝他從來沒有發現自己該剪腳指甲算了——可是，轉念一想——不，他明明看到了、發現了，怎麼能夠假裝呢？

「我一定要剪腳指甲！」玩具怪獸十分堅決。

就在這個時候，他看見正在牙牙學語的小小主人，正抱著自己肥肥的小腳丫大啃特啃……他突然有了一個靈感！

「我知道該怎麼辦了！」玩具怪獸立刻學著小小主人的樣子，也抱起自己的腳丫猛啃！

過了一會兒，雖然是啃得參差不齊，但是玩具怪獸長長的腳指甲總算是順利變短啦。

超人和貓咪黑皮

大家都知道，超人是一個好人；他會打擊壞蛋，拯救好人，還會扶老先生、老太太過馬路，更會替那些焦急的主人把被困在樹上的貓咪給抱下來。不過，老實說，超人不太喜歡救貓咪的工作，尤其是救一隻名叫黑皮的貓。

這個黑皮啊，也真夠頑皮，老是三天兩頭就往一顆大榕樹上跑，而這顆大榕樹距離張老太太家起碼有一千公尺。其實黑皮自己也知道，「上來容易下來難」，以自己目前的年紀和體力，不太適合跑到這棵大榕樹上來玩，可他不管，總是任性的想：「反正超人會來救我。」

有一天，黑皮一大早起來，正在享受香醇牛奶時，超人忽然駕到。

「張老太太呢？」超人問。

「大概是去買菜了吧，」黑皮覺得很意外，「你怎麼來了？」

長久以來，黑皮都是在那棵大榕樹的頂端見到超人，像這樣在地板上，在家裡見到超人還是第一次。

「我來告訴你一個好消息！」超人笑咪咪的說。

「好消息？什麼好消息？」

黑皮愣愣的問，心想：「難道是我創了什麼紀錄？比方說被超人拯救過最多次？」

沒想到，超人說的竟然是：「恭喜你！你的飛行累積里程已經可以免費到A城去一趟了。」

「飛行累積里程？」黑皮的兩個眼睛瞪得比銅鈴還要大。

「是啊，這是我跟那些航空公司學的。」超人掏出小筆記本仔細的念著：「大榕樹距離這裡一千公尺，我救過你一百零一次，也就是抱著你一共飛行了十萬一千公尺……」

「一百零一次？」黑皮覺得有些不好意思，「對不起，我不知道有這麼多啊。」

「沒關係，」超人笑咪咪的把小本子收起來，「我們現在就走吧！」

「現在？可是我才剛起來，連早餐都還沒吃完哪，不能等一下嗎？」

「恐怕不行，」超人看看手錶，「我今天除了送你到Ａ城，還得順便在Ａ城搗毀兩個賊窟，抓兩百五十個壞人，行程排得很滿，必須立刻出發！」

說完，超人也不等黑皮再多說什麼或再多想一下，拎起黑皮就飛。

飛了四十分鐘，抵達Ａ城。超人把黑皮放下，對黑皮說：「好啦，你就自個兒在這裡玩玩吧，我得辦事去了，晚上六點再來接你。」

「噯，等一下！」黑皮著急的叫著：「可是這裡我又不熟，要怎麼玩呵！」

「你自己想辦法吧！」超人匆匆忙忙的就飛走了。

可想而知，黑皮的「A城一日遊」真是玩得糟糕透了，還被一隻凶巴巴的大狼狗莫名其妙的追了好幾條街。差不多下午四點左右，黑皮就已經來到和超人約定的地方，眼巴巴的等著超人來帶他回家。可是苦苦等到六點，超人並沒有出現，一直等到七點、八點、九點……十點！超人總算來了。

「對不起，我忘了，」超人解釋著，「壞蛋實在太多了，抓都抓不完，抓得我頭都昏了。」

等到好不容易回到家，黑皮一見到張老太太，竟然立刻一頭撲進張老太太的懷裡，這是黑皮過去很少做的事。

張老太太抱著他，溫柔的說：「小寶貝，你可回來啦，真讓我擔心死了，我還以為你是不是跑到更遠、更高的樹上去，下不來了呢。」

黑皮一聽，想到自己平日的頑皮和任性，不禁覺得挺慚愧的。

三天之後的清晨，當黑皮和張老太太正在一起吃早餐的時候，超人又來了。

超人對黑皮說：「對不起，我弄錯了，按照你累積的飛行里程，應該是免費送你到B城去才對，我今天是特別來補償你的，我們現在就走吧！」

B城可是一個比A城還要遠的地方呀！

黑皮拚命搖手，喵喵亂叫，還拚命往沙發椅後躲。

「你不想去啊？」超人說：「好吧，那我也不勉強你，就下次再算吧，反正你現在又可以重新累積里程了，以你過去的紀錄，我相信很快又可以達到新的目標了。」

黑皮叫得更大聲，也躲得更深，意思是：「不必了！不必了！我不要累積里程了！我再也不會亂跑了！」

「我先走咯！」超人向張老太太打了一個招呼之後，優雅的離去。

黑皮不知道，超人在離去之前，和張老太太交換了一個會心的微笑哩。

失眠的小烏龜

有一隻小烏龜，他半夜睡不著，乾脆爬起來，想爬出去看月亮。可是他辛辛苦苦地爬到外面，卻發現這天晚上烏雲太多，把月亮都遮住了。

小烏龜又累又失望，忍不住哭了起來。樹上有一隻貓頭鷹看到了，就好心地安慰他：「小烏龜，別哭，你怎麼啦？」

小烏龜沮喪地說：「我睡不著，想看月亮又看不到。」

貓頭鷹抬頭看看天空，的確是烏雲滿天。

「這樣吧，」貓頭鷹說：「月亮不出來，我也沒有辦法，不過，我可以幫忙哄你睡覺。」

小烏龜止住了眼淚，滿懷希望地問：「怎麼哄？」

「我唱歌給你聽，怎麼樣？」貓頭鷹熱心地說。

可惜貓頭鷹的歌喉實在很糟糕，小烏龜聽得汗毛統統立正，反而更加精神抖擻。

唱完一首，貓頭鷹意猶未盡，正想給自己「安可」，小烏龜紅著臉說：「呃，對不起，打個岔，能不能請您試試看別的辦法？」

貓頭鷹很有風度，乾笑兩聲，毫不介意地說：「要不然，我給你講個睡前故事好了。」

但是，貓頭鷹也不大會講故事，他的故事講得又臭又長，好像隨時都可以停止，卻又始終停不下來，小烏龜瞪著眼睛一直聽、一直聽……他開始感到不耐，心裡一煩躁，更不可能有睡意。

好不容易，貓頭鷹的故事講完了，貓頭鷹自己很滿意，笑咪咪地說：「怎麼樣？好不好聽？我再給你講一個吧！」

「不用了！」小烏龜趕緊說：「拜託再換一個辦法吧！」

貓頭鷹想了一想，「好，乾脆不講故事，講笑話好了，我講幾個超級好笑的笑話，讓你大笑一場，笑累了，自然就會想睡了。」

然而，貓頭鷹的笑話比他的故事還要恐怖！他一連講了好幾個笑話，都是他自己笑得東倒西歪，翅膀亂搧，小烏龜卻一點反應也沒有，還一臉莫名其妙，因為他根本弄不懂笑點在哪裡？

小烏龜開始慢慢向後轉；他實在很想快快轉，只是做不到。他想溜了。

貓頭鷹抹掉自己方才笑出來的眼淚，詫異地問：「喂，你要去哪裡？」

「我——我想我還是回去吧——」小烏龜尷尬地說。

貓頭鷹更尷尬，不服氣地說：「好，看來我非使出絕招不可！——我來抱著你，哄你睡吧！」

說著，貓頭鷹就飛下來，把小烏龜抱在懷裡，還不斷地搖啊搖。

小烏龜挺重的，身體又硬邦邦的，過了好一會兒，貓頭鷹實在受不了，大叫一聲：「算了！我放棄！」然後把小烏龜一放，就匆匆地飛走了。

當貓頭鷹把小烏龜放下來的時候，翅膀一滑，小烏龜變成四腳朝天躺在地上。他努力動了一下，忽然發現，咦，他的龜殼左右慢慢搖擺，還挺舒服的哩。

更棒的是，這個時候，天上的烏雲漸漸散去，月亮和星星都出來了，好美噢！於是，小烏龜就這樣躺在地上，慢慢輕搖自己的龜殼，再欣賞美麗的夜景，一邊還數著星星，終於把自己給哄睡了。

小喇叭手

小豆芽是一隻很可愛又有點兒淘氣的小山羊。他有一個好朋友，名叫小機伶。

有一天，小豆芽和小機伶在山坡上玩，小豆芽玩得太瘋，一不小心從山坡上摔了下來，竟然「喀嚓」一聲，把頭上的一隻角給摔斷了。

「哇！我的角！」小豆芽驚慌的大呼。

小機伶趕過來一看，看到小豆芽的慘狀，也吃驚的大嚷：「糟了！你變成獨角獸了！」

小豆芽捧著斷角，哭得好傷心，「怎麼辦？我只剩一隻角了，以後叫我怎麼見人哪！」

「別哭別哭，」小機伶安慰他，「我們來幫你想想辦法。」

小機伶先拉著小豆芽跑回家，偷偷溜回房間。

「我們把它黏回去。」小機伶說。

但是，他們試過了膠水、樹脂、雙面脂以及各式各樣的黏膠，那隻斷角硬是黏不上去。

「怎麼辦？」小豆芽哭喪著臉。

「小豆芽，你剛才摔跤的時候，疼不疼啊？」小機伶忽然這麼問。

「倒是不疼。」小豆芽抹了一把眼淚。

「要不——你再去摔一跤吧！」

「你是說——」

「乾脆把另外這隻角也摔斷算了。」小機伶居然這麼說，「這樣才對稱嘛。」

「什麼！」小豆芽大嚷，「你瘋了！」

「是是是，我瘋了，開玩笑的啦。」小機伶看小豆芽快翻臉了，趕快改口說，「這樣吧，我們來做一隻假的角。」

小機伶拿出厚紙板和剪刀，喀嚓喀嚓剪下一個紙模，不久，又剪下其他更多的紙模，但是，試了又試，效果就是不理想。

「好像需要一點重量，」小豆芽說，「我覺得腦袋的重心不大平衡。」

「重量——嘿，有了！」小機伶靈機一動，丟下美勞用具，拉著小豆芽跑到菜園裡，挖了一支底部寬寬、上頭尖尖的竹筍，小心翼翼的綁在小豆芽的頭上。

「嗯，真是巧奪天工哩！」小機伶對自己的手藝感到十分滿意。

小豆芽看看鏡子，也覺得很滿意，於是，就不再傷心了，他把斷角藏在床底，頂著頭上的假角，又和小機伶一起高高興興的去找朋友們玩了。

這隻假角確實挺能以假亂真，大家都沒有發覺有什麼不對。偶爾要是有人問起：「小豆芽，你的角看起來怎麼怪怪的？」小豆芽一定會很鎮靜的回答：「沒什麼呀，只不過做了一點小小的美容。」

不過，小豆芽現在可是斯文多了，不敢再像以前那麼皮了。原因很簡單，他怕頭上的那隻假角會因為自己玩得太瘋而鬆脫掉落。

沒想到，過不了多久，小豆芽赫然發現，現在他不管再怎麼瘋、再怎麼皮、那個用竹筍冒充的假角都不會再掉下來了。因為，那支竹筍竟然在他頭上生根了！還長出小葉片了！

小豆芽慌慌張張跑去找小機伶，急呼呼的大嚷：「完蛋了！我的頭上要長出竹子來了！快幫我把它拔掉！」

拔掉了那隻假角，小豆芽又變成「獨角獸」了。

「現在該怎麼辦呢？」小機伶看起來好像比小豆芽還要煩惱。

小豆芽自己倒是平靜了，反過來拍拍小機伶說：「算了，既然遮不住，那就別遮了，沒有關係的。」

小豆芽回到家，從床底把那隻斷角找出來，捧在手上，默默想著：「這隻角——再也沒有辦法回到我的腦袋上去了——它現在

能不能有一點其他的用途呢？」

經過一番摸索，小豆芽意外的發現，這隻斷角能發出聲音！

「啊，這真的是太妙了！」小豆芽高興的大叫。

後來——你知道嗎？小豆芽成了森林裡最有名的小喇叭手呢！他所使用的樂器，就是那隻斷角，這可是世界上獨一無二的小喇叭，正好襯托著小豆芽獨一無二的獨角造形。大家都說，小豆芽現在的樣子實在是太帥、太酷了！

迷糊的小紅鶴

小紅鶴有個壞毛病，真讓媽媽操心死了

動物園裡有一群紅鶴。大家都知道，紅鶴常常喜歡單腳站立，這麼自然的動作，對一隻名叫「小迷糊」的小紅鶴來說，卻是一件備感壓力的事。

「小迷糊」是大家對這隻小紅鶴的暱稱，說他迷糊，他還真迷糊；舉一個最明顯的例子，每次小迷糊一單腳站立，站著站著他竟然會忘了自己是用哪一隻腳站著！於是，他明明是右腳單腳站著，可是因為他的迷糊，到了休息時間，他竟然會把右腳給收了起來！其實他應該先把左腳放下來才能收右腳才對，因此，經常會噗通一聲重重的摔了下來，十分尷尬。

為了小迷糊這個毛病，小迷糊的媽媽真是操心死了，每次一瞥見小迷糊挪動身子，好像想要換腳，紅鶴媽媽一定立刻緊張的大叫：「放左腳！」或者：「放右腳！」以免小迷糊又摔下來。

有一天，媽媽憂慮的對小迷糊說：「你總是要媽媽來提醒你，這樣怎麼行呀！你該自己多注意一下嘛。」

小迷糊卻滿不在乎的說：「哎呀，這有什麼關係，有您提醒我就行啦。」

媽媽一聽，心裡一沉，暗暗下定了決心，悄悄想著：「這樣下去不是辦法，小迷糊永遠也不會長大。」

從這天開始，媽媽雖然還是常在小迷糊身邊，卻總是閉著眼，即使明明是清醒著也總是假裝在睡覺。媽媽不再老是緊張兮兮的盯著小迷糊，不再總是及時提醒小迷糊之後，小迷糊

真是摔慘啦！而且，由於老是重重的摔在池子裡，紅鶴幾乎摔成了「灰鶴」，髒得要命。

「媽媽，大家都在笑我！」小迷糊抱怨著。

這是真的，不僅紅鶴們都在竊笑，連好多遊客也都在納悶：「那隻紅鶴到底在發什麼神經？」

可是媽媽早已鐵了心，故意冷淡的說：「那你就自己多注意呀。」

這樣經過了兩、三個禮拜，小迷糊其實也就不怎麼迷糊了；至少，他很少再摔倒過了。

全方位耶誕老人

耶誕節快到了，「全方位耶誕老人」訓練中心裡頭正在「緊鑼密鼓的加緊操練」。

這年頭要成為一個「全方位耶誕老人」還真不簡單，光是看看訓練中心琳瑯滿目的課程，就夠教人眼花撩亂的了。有：「如何飼養馴鹿」、「如何處理故障的雪橇」、「如何飛簷走壁」、「如何用各國語言說『哈囉』和『不客氣』」、「如何用最優美的姿勢扛禮物袋」，更不要說像那些「如何處理信件」、「如何揣摩小朋友的心」、「如何包裝禮物」等等基本課程了。

不過，為了要成為一個新時代全方位的耶誕老人，這些課程再多、再繁複，所有來到中心接受集訓的耶誕老人們都覺得還可以接受；唯獨對其中一項——「如何衝浪」，許多耶誕老人都感到十分匪夷所思。

「真是怪事，耶誕老人幹麼要學衝浪？」

「要學衝浪倒還不如學堆雪人、打雪仗算了。」

A中隊裡頭的二十個耶誕老人，沒有一個不覺得這項課程非常莫名其妙，而不肯認真學習，都只是馬馬虎虎的敷衍了事。唯一的例外，是一個叫做阿尼的耶誕老人。

別的隊友看阿尼那麼認真的挺個大肚子練習衝浪，還常常摔得四腳朝天，都紛紛「呵呵笑」的笑他笨，笑得下巴上那一撮假鬍子都快要掉下來了。

可是——等到耶誕夜前夕，接到出任務的通知時，A中隊的耶誕老人，除了阿尼，其他的都再也笑不出來，而紛紛「哇哇哇」的抱頭痛哭。

原來，抽籤結果，A中隊被派往南半球去分送禮物。南半球在十二月的時候正是夏天呀，耶誕老人必須要以衝浪板來代替雪橇才行。

唉，搞到最後，A中隊全體隊員不得不承認，看來有點笨、有點傻氣的阿尼，竟是A中隊裡唯一夠資格稱得上是「全方位耶誕老人」的人。

吸血鬼的黃板牙

大家都知道吸血鬼很怕大蒜，可是有一個吸血鬼不服氣，刻意訓練自己不怕大蒜，或許是訓練得太過認真，久而久之，他反而愛上了大蒜，每天都要吃上好幾斤大蒜，成天蒜頭蒜腦，蒜味沖天。

這天，在獨自吃過大蒜大餐、舉行過隆重的出關典禮之後，吸血鬼狂笑幾聲，化成一隻蝙蝠，興奮地出外覓食。他飛呀飛呀，來到一棟外牆漆著乳白色的小洋房，從半敞開的窗戶看到裡頭有一個美麗的女孩正在熟睡……啊，她的粉頸看起來好可口啊！

吸血管悄然無聲地飛進去，抖抖翅膀，轉身又變成吸血伯爵的模樣，一步一步陰險地朝女孩接近……

突然，他因受不了房內濃濃的芳香劑香味，而「哈啾！」一聲，重重打了一個大噴嚏。女孩立刻醒了，一瞧見吸血鬼就大聲喝問：「你是誰？」

吸血鬼一愣，從來沒想過居然還會有人問他這個問題！他一直以為自己是「無人不知、無人不曉」的哩。

沒想到他才剛開口，剛講了「我是——」兩個字，女孩竟馬上就皺著眉頭、摀著鼻子，誇張地尖叫起來：「哇！老天爺！你吃了什麼東西呀！嘴巴怎麼那麼臭！」

說時遲那時快，女孩一邊尖叫，一邊抓起擱在床頭櫃的芳香劑，「滋滋滋」地拚命朝四周噴灑，吸血鬼被嗆得噴嚏連天，差點兒當場昏倒。

「我——我——」吸血鬼氣喘咻咻地想完成他的自我介紹，女孩卻不想聽了，她一骨碌地翻身而起，自顧自地叨念著：「你不用說了，我知道了，你一定是我的病人！唉，真是的，什麼時候開始，牙科醫師也得看急診了？不過，看在經濟不景氣的分上看就看吧！」

說著，她披上外袍，抓著吸血鬼就往樓下的診療室衝。不過短短兩、三分鐘，一頭霧水的吸血鬼就已經被按倒在診療椅上，還被強烈的燈光迎面照著！

「天哪！」女醫師又叫了起來，「先生！你從來不刷牙的嗎？瞧你這一嘴黃板牙！你的牙結石多得不得了哪，這樣很容易得牙周病的，難道你不知道嗎？」

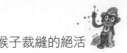

女醫師一邊手腳俐落地動手替吸血鬼洗牙，一邊哇啦哇啦訓個不停；吸血鬼雖然都聽不懂，至少也聽得出來自己的牙實在是很糟糕。

「我是不是不能再吸人啦？」吸血鬼惶恐萬分地想著。幸好，女醫師說：「不要太絕望，從現在開始趕快注意牙齒保健，應該還有救，等會兒我還會教你正確的刷牙方法。」

好不容易，洗牙完畢，女醫師又說：「先生，你要不要做牙齒矯正？尤其是你這兩顆虎牙，實在是太難看了！」於是，吸血鬼又莫名其妙被迫預約了牙齒矯正的時間，才被推出牙科診所。不過，他當然沒有去；不是因為別的，而是他實在受不了女醫師愛用的那種芳香劑！

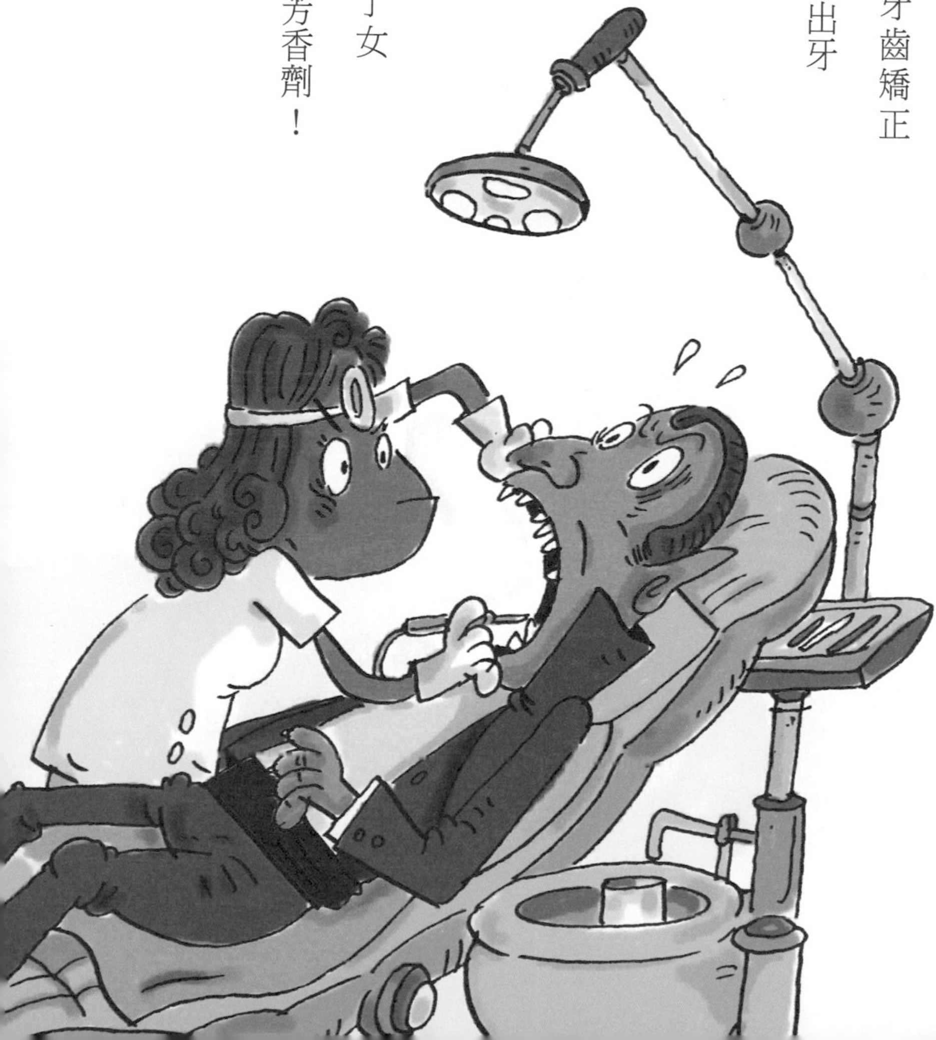

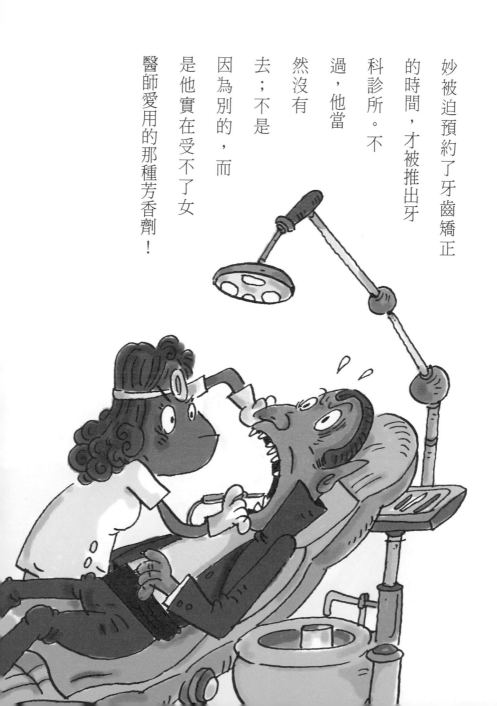

採蜜二人組

「怎麼辦？我好餓，我真的快餓死了……」蜂鳥小風眼冒金星，雙翅愈來愈無力。距離上一頓已經半個多小時了，小風知道，再不趕快吃點花蜜或蜂蜜，他就會活活餓死的。

這一點也不誇張。因為蜂鳥總在不斷的飛行，非常消耗體力，所以需要大量的花蜜來補充養分。通常，一隻蜂鳥每天所需要的花蜜，重量比他自己的體重還要重呢，如果持續一小時沒吃花蜜，真會餓死的。

「唉，怎麼辦？我好不甘心啊。」由於餓得太久，小風原本充滿光彩的外表早已黯淡下來，漸漸的，他頭暈眼花，虛弱得快要飛不動了。

「咻！」過了一會兒，小風真的掉了下來，掉在一個洞穴的前面。一落地，小風立刻悲慘的叫了起來：「哇，我快餓死啦！」

說也奇怪，洞穴裡竟然有回聲：「哇，我快餓死啦！」——咦，不對呀，那不是回聲，因為那個聲音比小風的要低沉得多。

「什麼人？」小風費力的朝洞穴裡張望，但是裡頭的光線太陰暗，什麼也看不見。昏暗中，那個低沉的聲音回答道：「是我，可是我不好意思告訴你我是誰。」

小風慘然笑道：「還有比我更慘的嗎，我是一隻快餓死的蜂鳥，我叫小風。」

「喔？」低沉聲音的主人走出洞穴了，原來是一頭熊。熊無限感傷的望著虛弱的小風說：「你也找不到蜂蜜嗎？」

「不，」小風奄奄一息道：「我知道哪裡有蜂蜜，可是，我對付不了那群蜜蜂啊！啊，我真的要餓死了！」

「真的？太好了！」熊居然擊掌叫好。

「你還有沒有一點善心啊？」小風恨恨的說道：「我都快餓死了，你還說『太好了』？」

「小兄弟，你誤會了，」熊笑咪咪的上前把小風小心的捧起來，「是這樣的，我剛才靈機一動，咱們倆可以合作啊，因為，我不怕蜜蜂，可老是找不到蜂蜜……」

「真的？……」小風終於在熊的臉上看到了一線生機。

從此，這對「採蜜二人組」就形影不離。小風會把熊引導到蜂巢，熊先大吃特吃，蜂巢裡的蜂群雖然全力朝熊螫刺，但皮厚的熊一點也不在乎。等到蜂群的尾針都用完了，小風再鑽到蜂巢裡大吃一頓。

小風和熊都吃得飽了。現在，輪到蜂巢裡的蜜蜂頭痛啦。

小老鼠的寵物

有一隻小老鼠，住在一棟漂亮房子的閣樓裡。雖然這只是一個舊舊的小閣樓，地板都快壞了，小老鼠還是盡心盡力的打掃布置，使它看起來像一個溫暖舒適的家。

小老鼠對自己的生活感到很滿意。他常想，如果住在漂亮房子裡的花貓不要那麼愛找他的麻煩，那就更好了。

有一天晚上，小老鼠出去找食物，在垃圾筒附近發現一隻剛出生的小獵犬，忽然靈機一動。「有了，我來養這隻小獵犬當我的寵物，以後有他保護我，花貓就不敢欺負我了。」

小老鼠費了好大的力，千辛萬苦才把小獵犬拖回自己的閣樓，然後盡心盡力打掃布置，還弄來好多玩具假骨頭，把閣樓整理成一個溫暖舒適的狗窩。

小老鼠還偷偷跑到圖書館去，查了好多「如何照顧小狗狗」的書。在小老鼠全心全意的照顧下，小獵犬慢慢長大了。一切都還算順利，就是蹓狗的時候很麻煩，小老鼠根本牽不住小獵犬，後來只好乾脆像個牛仔似的騎在小獵犬的身上。

小獵犬有什麼要求，小老鼠一定盡力滿足他。有一天，小獵犬告訴小老鼠，他玩膩了假骨頭，他想養一個小寵物。

「寵物？」小老鼠有點意外，他還以為小獵犬是想玩玩飛盤什麼，「你想養什麼樣的寵物呢？」

「我想養一隻貓！」小獵犬熱情的說：「而且是那種有虎斑的花貓，我覺得花貓最可愛了。」

「花貓？」聰明的小老鼠立刻就想到了他的死對頭。

在小獵犬的自我介紹和要求之下，花貓真的成了小獵犬的寵物。（花貓哪敢不答應？）

就衝著這一點，從此，花貓果真也對小老鼠客客氣氣的啦。

紅狐狸老師

森林小學最近來了一位新老師，那就是紅狐狸老師。

紅狐狸老師的脾氣很好，總是笑咪咪的，再加上很會講笑話，小朋友都很喜歡他。

紅狐狸老師還有一項拿手絕活，他很會玩「捉迷藏」。

每次他才剛剛這麼說：「小朋友，你們在教室裡自修，老師出去一下，不要吵噢！」小朋友們的眼睛才那麼一眨，紅狐狸老師就不見了。

「哇！好厲害，老師到哪裡去了？」小朋友們一個個都對紅狐狸老師佩服得五體投地。

可是，漸漸的，小朋友們對於紅狐狸老師這種「瞬間消失」的本事除了佩服之外，也感到非常的「不方便」。

小朋友嘛，老師不在的時候，哪一個不會想鬧一鬧？可是，紅狐狸老師不但會「瞬間消失」，也會「瞬間出現」；經常，在全班正鬧得不可開交，小獅子班長、兔子副班長、長頸鹿風紀股長的嗓子統統都已經喊啞的時候，紅狐狸老師就會突然出現，並且大嚷一聲：「嘿，你們在做什麼呀？」

說「大嚷」，是紅狐狸老師心情好，口氣還很溫和的時候；如果碰到紅狐狸老師心情不佳，「大嚷」聽起來就像「大吼」了──「喂！你們在做什麼！」

當學校有什麼考試的時候，紅狐狸老師這種「神祕」的行徑更是要命。他總是在全班小朋友都正在專心作答，教室裡安靜得不得了的時候，會突然從教室後頭冒出來，大嚷一聲：「有沒有什麼問題？」

小朋友們紛紛抗議：「老師，你嚇死我們了！」

「是嗎？對不起，」紅狐狸老師笑著說：「可能是因為我以前是魔術師的關係吧，魔術師的『出場』總是要經過特別設計的。」

「可是——」小獅子班長代全班小朋友說：「您現在又不是魔術師，您現在是我們的老師哪！」

「我知道，可是抱歉得很，我已經習慣成自然了，恐怕很難改

啦！」

小朋友們最初還以為這是紅狐狸老師的玩笑話，後來才吃驚地發現，原來是真的！紅狐狸老師不但會從教室後頭突然冒出來，還會從各個你意想不到的地方冒出來。

有一次，他從天花板突然跳下來；又有一次，他是從放打掃用具的櫃子裡跳出來；還有一次，他是從蒸飯箱裡走出來！

真是愈來愈誇張了！

「怎麼辦？到底該怎麼做才能讓老師不再突然冒出來嚇我們呀？」

小朋友們都感到愈來愈苦惱。

幸好，後來是大象校長解救了大家。因為，大象校長頒布了一項德政，要在每間教室後面都蓋一間廁所，讓整間教室像一個大套房似的，小朋友們就會很方便。

廁所蓋好的那一天，紅狐狸老師這種「瞬間消失，瞬間出現」的怪毛病就突然自動改掉了。他現在都是很正常的，乖乖地從教室前面走進來。

於是，聰明的小朋友們紛紛猜測，紅狐狸老師的魔術一定有瑕疵；對於會從哪裡突然冒出來，大概連他自己也說不準吧！

健忘的小河馬

有一隻小河馬，記性實在很糟糕，老是忘東忘西。為了這個緣故，常常被他的好朋友小芳——一隻粉紅色的河馬埋怨得半死。

「你這樣不行啦，什麼事情都記不住，你應該想想辦法嘛。」小芳一天到晚都這樣對他說。

「可是——我又不是故意的，我也不知道該怎麼辦嘛。」小河馬總是委屈兮兮的說。

這天，小芳特別來找小河馬。

「嗨，我想到辦法了！」小芳高興的說：「你去買一個本子嘛，有什麼怕忘記的事——比方說，下禮拜我生日，你要送我什麼禮物啦，你就統統記在上面，這樣就不會忘記啦。」

小河馬眼睛一亮，「嗯，這個主意真的很棒耶！」

「走，我現在就陪你去買。」小芳熱心的拉著小河馬立刻上街。

買了本子以後，小河馬笑咪咪的說：「好棒啊！以後我不會再忘東忘西了，不再是一個健忘的傢伙了。」

然而——這個計畫後來還是失敗了。

因為——有的時候，小河馬會忘了立刻登記，所以過了一會兒就忘了。

有的時候，小河馬會忘記去看記事本上到底記了哪些東西？

有的時候，想記東西的時候，小河馬會找不到記事本。

最糟糕的是，一個禮拜之後，當小芳問起這個記事本時，小河馬居然一臉茫然的問：「你說什麼？我有過這樣的本子嗎？」

唉，他還是一個健忘的小河馬呀！

飛吻大王

在還沒有開始學把戲之前，圓圓和嘟嘟是動物園裡頭一對非常討人喜歡的海狗兄弟。他們的腦袋圓圓的，身體胖嘟嘟的，眼睛大大的，耳朵小小的，嘴巴上還有幾根細細的鬍鬚。那個時候，他們根本不需要做什麼，每天只是隨意的吃，隨意的睡，隨意的打幾個呵欠，伸幾個懶腰，兄弟倆再隨意的鬧著玩兒，叫上幾聲，大家就已經很滿意了，每天總有一大堆的遊客會擠在海狗區的欄杆外，笑咪咪的看著他們，不斷地癡癡地說：「好可愛呀！」

那個時候，管理員都對他們非常和善；那個時候，他們還不曉得什麼叫做「馴獸師」。

等到他們大一點，有一天，他們被帶離了海狗區，住進了動物園的「表演中心」。離開海狗區的那一天，海狗媽媽哭得好慘，圓圓和嘟嘟看媽媽哭，心裡又急又怕，也跟著拚命地哭。但是，哭沒有用，圓圓和嘟嘟還是被帶走了。

管理員拍拍海狗媽媽又圓又大的腦袋，柔聲安慰她：「別難過了，圓圓和嘟嘟很快就會成為我們動物園裡最受歡迎的動物明星，妳應該為他們感到驕傲才對！」

海狗媽媽卻還是很悲傷，對於管理員好心餵給她的魚兒絲毫提不起興趣，聞都不聞一下。

現在，馴獸師成了圓圓和嘟嘟朝夕相處的對象。馴獸師有兩位：一個是頭髮已經有點灰白的老趙，一個是老趙的學生小王。小王穿起馴獸師的衣服，十分的帥氣。

老趙和小王開始教圓圓和嘟嘟小把戲。他們打算要教圓圓和嘟嘟各式各樣的把戲，把他們培養成超級動物明星。目前每天在「表演中心」擔任重要角色的海狗明星年紀已經太大了，老趙和小王受必須盡快訓練圓圓和嘟嘟，來接替那隻十分辛苦的老海狗。

老趙和小王很快就發現，圓圓和嘟嘟雖然是同一個海狗媽媽生的，習慣、反應等等各方面卻相差很多。圓圓是哥哥，反應很遲鈍，教什麼都教不會，而且，除了吃，顯然對什麼都不感興趣；弟弟嘟嘟卻剛好相反，他不貪吃，不貪睡，又活潑好動，聰明伶俐，不管學什麼把戲幾乎都是一學就會。

轉眼半年過去，弟弟嘟嘟學會了搖手、搖頭、飛吻、花式滑行、以口接球、鼓掌，還會把兩個前肢扶在桌子上，煞有介事的「唱歌」，哥哥圓圓呢？除了長胖、長大兩倍之外，什麼也沒學會。

「這實在是很傷腦筋，」老趙憂慮地說：「我們本來設計的節目是要兩隻海狗一起演出，現在，一隻全會了，一隻什麼都不會，這節目要怎麼進行啊？」

小王則煩躁地發著牢騷：「真是氣死人了！圓圓怎麼會這麼笨啊！

怎麼教都教不會！就只會吃，每天都要吃掉一大桶鮮魚，這麼多的鮮魚，簡直就像丟進垃圾筒裡去了！真可惡！」

說到這裡，小王一時氣不過，竟踹了圓圓一腳，又罵了一聲：「你真是笨死了！」

圓圓挨了一腳，根本不知道自己做錯了什麼，可憐兮兮地發出一聲無辜的號叫。

「別這樣，」老趙急忙勸阻：「你看，嘟嘟都生氣了，正在瞪著你哪，一定是在氣你為什麼要踢他哥哥。」

小王抬頭一看嘟嘟，嘟嘟果然是一臉怒容，不禁嘲謔道：「喲，這小海狗還挺通靈的嘛。」

動物園園長原本希望經過十個月的訓練，圓圓和嘟嘟就可以上陣演出，現在眼看只剩下四個月，情況實在有點糟糕。老趙說：「這樣吧，我們再試一個月，如果還是不行，就趕快重新設計節目，做嘟嘟的個人秀好了。」

小王似笑非笑地看著傻呼呼的圓圓，突然冒出一句：「哼，那到時候就把這隻笨蛋海狗賣掉，讓人把他宰了，拿去做『海狗丸』算了！」

嘟嘟一聽，大吃一驚，非常害怕地想：「天啊！我一定要想想辦法，絕不能讓他們把哥哥給殺了！」

從這天開始，每天一到休息時間，老趙和小王離去之後，嘟嘟就拚命給哥哥圓圓惡補。嘟嘟近乎哀求地勸哥哥圓圓說：「哥哥，你只要學會一個動作就好了，只要一個動作！就學飛吻吧，這個動作最可愛，你看，就像這樣，一點也不難。」

嘟嘟一次又一次把帶有蹼的前肢湊近嘴巴，示範飛吻的動作，然而……圓圓始終還是學不會。

一個月之後，老趙和小王放棄了，不過，他們當然沒有把圓圓賣掉，而是把他送回海狗區，然後設計了更難的動作要嘟嘟學；畢竟，以後要靠嘟嘟來獨撐大局。

遊客們很快就注意到海狗區多了一隻胖海狗，大家老喜歡對他指指點點，笑他胖。有一天，有一個小女孩說：「我倒覺得這隻胖海狗很可愛。」說著，還天真地朝圓圓做了一個飛吻的動作。

出乎所有人的意料，圓圓先是愣了一下，接下來，竟然緩緩朝小女孩也做了一個飛吻。

「哇！好可愛喔！」遊客們爆出一聲聲的歡呼。

後來，嘟嘟果然成了超級動物明星，許多人都對他的海狗秀讚不絕口；圓圓也成了海狗區非常有名的「飛吻大王」，在海狗區裡十幾隻大大小小的海狗中，只有圓圓會對遊客頻頻飛吻。

老趙和小王則一直想不通，他們努力了那麼久，試著教過圓圓各種基本動作，為什麼什麼也學不會的圓圓，卻偏偏學會了飛吻？

國家圖書館出版品預行編目資料

猴子裁縫的絕活／管家琪文．蔡嘉驊圖.--初版．-- 臺北市：幼獅，2017.03
面； 公分. --（故事館；46）
ISBN 978-986-449-068-4（平裝）

859.6 106000472

・故事館046・

猴子裁縫的絕活

作　　者＝管家琪
繪　　者＝蔡嘉驊
出 版 者＝幼獅文化事業股份有限公司
發 行 人＝李鍾桂
總 經 理＝王華金
總 編 輯＝劉淑華
副總編輯＝林碧琪
主　　編＝林泊瑜
編　　輯＝周雅娣
美術編輯＝李祥銘
總 公 司＝10045臺北市重慶南路1段66-1號3樓
電　　話＝(02)2311-2832
傳　　真＝(02)2311-5368
郵政劃撥＝00033368

門市

・松江展示中心：10422臺北市松江路219號
電話：(02)2502-5858轉734　傳真：(02)2503-6601

印　刷＝祥新印刷股份有限公司
定　價＝250元
港　幣＝83元
初　版＝2017.03
書　號＝984214

幼獅樂讀網
http://www.youth.com.tw
e-mail:customer@youth.com.tw
幼獅購物網
http://shopping.youth.com.tw

行政院新聞局核准登記證局版臺業字第0143號